ernst jandl

peter und die kuh

ernst jandl

peter und die kuh

gedichte

luchterhand

I

die knie

meine knie sind wund
also knie ich nicht nieder
das eine ist spitz
das andere ist rund
beide sind mir zuwider

stirn

blutegelsalbe schmiere ich mir
auf die angeschlagene stirn
die vor den äußeren feinden
immer noch mein gehirn
zu schützen vermag, nicht aber
vor den feinden in mir drin.

kleine körperliche biografie

für peter horst neumann
zu seinem 60. geburtstag

nun habe ich in meinem mund
keine zehe mehr (keine eigene
eine fremde schon garnicht)
meine füße in meinen händen
sind vergangene gymnastik
meine hände salben vergeblich
die schmerzenden. mein halbschlitten
hindert mich am knien. doch ich beuge mich
ohne anstrengung – meine übliche
haltung. mein glied, täglich gewaschen
hat verlernt
den täglichen aufstand. rebellion
geschieht in meiner seele
um die ich kämpfe.

man on carpet

why should i
not be sitting on the floor
particularly if there is
a carpet on the floor

but how
did i get
to sit on the floor
in the first place?

it was a breakdown
of the human race

die hand

die hand die festgewachsen ist
die hand die zugreift
die hand die etwas hält
die hand aus der was fällt
die hand die etwas packt
die hand ist abgehackt

rekorde

als ich klein war
wollte ich groß werden
wie mein vater
1 meter 64
war sein rekord

als ich erwachsen war
wie mein vater
war mein rekord
1 meter 72

1 meter 70 messe ich
laut meinem reisepaß
vom 6. februar 1991

er gilt
bis zum 6. februar 2001
meinem nächsten rekordjahr

author's last choice

unusually well-known writer
mid-sixties, fed-up, periodically downcast
with incorrigible leg-trouble
offers most renowned official trophies and documents
awarded by national and
international institutions of highest standing
plus books, magazines, reviews, manuscripts, typescripts
photographic materials as well as memorial items
dating back to his childhood
in exchange for the lease of a villa
of a minimum of eight rooms
in a beautiful western district of Vienna
with garden and a minimum of staff
for keeping up the house, cooking, etc.

stille messe

nun warte ich schon sehr
auf einen tropfen wein
und denk: ’s wird nicht für immer
aus damit sein

ich seh im dunkel dunkelrot
das ewige licht
und bin ich tot und bist du tot
es verlöscht für keinen nicht

herr, laß sie ruhen in frieden
sie haben ja genug gestritten
und gelitten, selbst wenn sie nur
auf diesen tropfen wein
    auf diesen tropfen wein
        auf diesen tropfen wein (wdh. ad lib.)

in der heißen heißen stadt

soitades   wiaggli scho
sexe   aum aummid sein
und no so höö …   des is de summazäd.
glockn hiari   und an hund wos schrääd …
und soitad des   wiaggli easchd
mai easchdes glaasl sään   hääd …
in da haassn haassn schdott

sollte es   wirklich schon
sechs   am abend sein
und noch so hell …   das ist die sommerzeit.
glocken hör ich   und einen hund der schreit …
und sollte das   wirklich erst
mein erstes glas sein   heut …
in der heissen heissen stadt

jetzt lege ich mich hin
weil ich schläfrig bin
und tu als ob ich schliefe
bis ich eingeschlafen bin

II

der schrei

ich habe meine mutter durchlocht
als ich herauskam, oh welcher schrei
ich habe ihn nicht gehört, ich habe ihn sicher nicht gehört
und ich kann auch nicht sagen, er hätte mich zerstört
aber gewiß hat er mich verwundet
davon bin ich nie gesundet

ave maria

mutter hat gewußt
was sie wissen mußt

wenn du mein kind krepier
steht er schon neben dir

zu richten fürchterlich
für kleinste sünde dich

für kurze lüge unlängst
du jahrelang im fegefeuer brennst

für einmal onanieren
wirst ewig du die hölle spüren

doch bist du sündenfrei wie ich
hebt flugs er in den himmel dich

wo du zwar nicht leben
doch ihn umschweben wirst

für immer und ewig. amen

»wer sein kind liebt, der züchtigt es«

ich weiß, ich habe gelogen

nein, mama, ich hab nicht gelogen
du hast gelogen!
nein, mama, ich hab nicht gelogen
die hände runter, die wange her
nein, mama, ich hab nicht gelogen
runter die hände, die wange her
nein, mama!

so wurde ich erzogen

das vertauschte kind

wenn zuhause
geboren
ich hätte

es gäbe
nicht den geringsten
zweifel

aber ein dutzend oder so
nahezu gleichzeitig
geborene

und zwei oder drei
übermüdete
schwestern

da kann schließlich
alles
passieren

oh gott
wie zerstampfe ich
diesen zweifel

namenstag

ich willy will mich nicht zieren
die tauben willy im hofe girren
willy mein vater will sich rasieren
wie lang ist inzwischen willy sein bart
gewachsen auf seiner höllenfahrt willy

warum sagst du unentwegt willy willy
kein name sonst willy fällt mir ein
ich weiß ich willy heiße nicht willy
aber kein anderer name als willy
und nicht einmal dieser willy ist mein

aus »des knaben wunderhorn«
(unterdrücktes gedicht)

wenn ich dein schwesterlein wär
fände ich schon die scher
brüderlein wiegenkind
um an dir wegzuschneiden
was ich an mir nicht find
wenn ich dein schwesterlein wär

weil ich dein schwesterlein bin
nehme ich jetzt die scher
um an dir wegzuschneiden
was ich an mir nicht find
weil ich dein schwesterlein bin
brüderlein wiegenkind

neuigkeiten aus der großen weiten welt

kaufen wir teller
kaufen wir teller

daß sich die alten römer
im bade
die pulsadern
öffneten

daß der besiegte feldherr sich
ins schwert stürzte
und daß die mutter schrie: »ich bring mich um!«
im kampf mit dem vater

aber dann bloß
den stapel teller
auf die fliesen des küchenbodens
schmetterte

es waren neuigkeiten
aus der großen weiten welt
für den kleinen jungen

burgtheater (aus meiner jugend)

sie stehen an der wand
die großen mimen des großen theaters
jeder kennt seinen spruch

sie stehen an der wand
jedes wort ist ein fluch
jede hand ist zur faust geballt
die wand wird zu flammen
alle sind verbrannt

mir gengen nach schenbrunz
dort steht das tier in gunz
das tier ist dort ein eingespier
doch mir, de mensche, sein kein tier
drum gemma nach schenbrunz

i bin einbogn   in a schdrossn
die woa wie   fia mi gmochd
nokade weiwa   in olle fenster
und sofü bettn   hom grochd

ich bin eingebogen   in eine straße
die war wie   für mich gemacht
nackte frauen   in allen fenstern
und so viele betten   haben gekracht

jo da fooda, hodda deara hetz ghobd
is aum buckl aufn deppich glegn
und sei oede med de gnogldn
hod eam d letztn zänd zadreedn

ja der vater, hat dir der ein vergnügen gehabt
ist am rücken auf dem teppich gelegen
und seine frau mit den genagelten (bergschuhen)
hat ihm die letzten zähne zertreten

four-headed monster

da fooda   a lodsch
di muada   a drompä
da bruada   a bleampä
nur iii   a schenii

der vater   ein schlappschwanz
die mutter   ein rindvieh
der bruder   ein depp
nur ich   ein genie

mai fooda und mai muata
de san bäde in mia drin
und ziagn aun, und ziagn aun
bis i ausanaundagrissn bin

mein vater und meine mutter
die sind beide in mir drin
und ziehen an, und ziehen an
bis ich entzweigerissen bin

otteltrottel

mit flachen händen
auf beide wangen
den alten schlagen
hart, damit er was davon hat

sitzt dann im eck
waanat, darr fooda*
hoet se de hänt
fua d' bappm

… und woan amoe so
liawe buamm, siasse buamm
da paul, da hans, da fritzl …

*weinend, der vater
hält sich die hände
vors maul

… und waren einmal so
liebe söhne, süße söhne
der paul, der hans, der fritz …

in erinnerung an meinen großvater,
anton rappel, und an dessen tochter,
luise jandl geb. rappel, meine mutter

hööfz, hoda geschrian, kinda hööfz!
soi man grossvoda rettn?
hod sei dochta xogt: kinda bleibz
schee brav in de bettn.

helft, hat er geschrien, kinder helft!
sollen wir den großvater retten?
hat seine tochter gesagt: kinder bleibt
schön brav in den betten.

die pflicht

die pflicht ist ein fürchterliches gebot
das dich niedertritt in die not und den kot

bald hast du dein dreckiges maul voll scheiße
unfähig zu sagen: ich heiße … ich heiße …

sie haben dir alles an freude genommen
selbst dein name ist dir abhanden gekommen

du liegst da, und sie sind es, die auf dir stehen
um weiter, weiter, weiter zu sehen

als es deinem blick jemals gelang
du liegst da, aber freilich ohne zwang

du liegst da, weil es vater nie gelang
sich vom boden zu heben, auch wenn er sang:

auf, auf, kameraden, aufs pferd, aufs pferd
ins feld, in die freiheit gezogen

im felde, da ist der mann noch was wert,
da wird sein herz noch gewogen …

unterwegs

auf der straße zum belvedere
schritt ein bleicher hagerer mann
trug einen kaftan mit judenstern
wir blickten einander an

dieser blick war unsere rede
was sie ihm gab? mir gab sie mut
was ihm geschah, muß ich vermuten
von mir weiß ich: ich lebe

von riechen

du turtelkäfer, nicht ans gas geschlossen
kreuchst unbeirrt den weg der alten keilerei
als sei aus dir noch nicht der letzte brei geflossen
du schlossermeister, deutsch, und deutschland treu.

prangend im federnkleid und dennoch tief verdrossen
daß er zwar scheißt, doch niemals scheißt ein ei
stößt unser hahn, von buntheit dicht umflossen
hervor den würzig-deutschen hahnenschrei.

je größer, desto schärfer stinkt das tier
schwach nur der turtelkäfer, stark der hahn
genauso teilt der mensch sich seinen nasen mit

und duftet auch nach röslein das zarte mädchen hier
so pfaucht der stinke wind aus mächtigem tyrann
wie einst SA marschierte mit ruhig festem schritt.

bauernfamilie im elsaß
unsre söhne sind schon hinüber
nehmt die erste gelegenheit wahr
dann ist der krieg vorüber

wir versprachen nichts anderes zu tun
schüttelten bauernhände
hoben unsere hände zur rechten zeit
und der krieg war zu ende

fütterung des gefangenen

das da ist deine suppe
ich darf dir hineinspucken

das da ist dein braten
ich darf dir daraufscheißen

das da ist dein salat
ich darf ihn dir mit einer strähne rotz überziehen

das da ist dein reis
ich darf ihn dir feuchtpissen

das da ist zum nachtisch dein kompott
ich darf dich um eine atempause bitten bis ich menstruiere

schiasd eam hoed med an groch
in sai baichal a loch
wos komd aussä? wos drin is
solaung bis a hin is

schießt ihm halt mit einem krach
in seinen bauch ein loch
was kommt heraus? was darin ist
so lang bis er hin ist

dea woaramoe   in russlaund
's griagd eam kaana   mea hin
wosa duat gsegn   und daun hod
hod a diaf in eam   vagrobm

der war einmal   in rußland
es bringt ihn keiner   mehr hin
was er dort gesehen   und getan hat
hat er tief in sich   vergraben

plastik

zu füßen ihres gatten
in einem plastikeimer
steht ihre urne
in der erdwunde grab
ich schaute hinab

jetzt, zehn monate danach
verspüre ich, es erinnernd
eine eigentümliche schwäche

hättet ihr auf eure lust verzichtet
nichts an meinen plagen hätte stattgefunden
und ihr wolltet mich sogar erziehen
fortsetzung eurer erzeugungslust

der durch euch entfachte mensch
jeder kann sich als mich und mich als sich bezeichnen
hervorgegangen aus dem vater-und-mutter-spiel
aller vorfahren, deren säbel geschliffen, pistolen geladen waren
und die stricke gedreht für die hälser ihrer brut
und die heil hitler schrien und das kaiserlied sangen
fahnen schwangen und atombomben ausbrüteten

was kann ich tun für euch, als harten fußes
auf eure gräber treten und drum beten
daß diese kraft, die euch zerstäubt hat
nie wieder aus euch leben, form und geist schafft.

billig ist die schrille sonne

aus dem grab, das ich bewohne
wachsen meine beiden söhne
blum und blume, und ich neide
beiden ihrer mutter scheide
in die ich nie eingedrungen
nicht mit schwanz und nicht mit zunge

junge junge
bist du wirklich
unser lieber toter vater
langsam schütteln ihre schönen
köpfe meine beiden söhne
blum und blume
und die schrille sonne schreit:

ich bin billig
ich bin willig
kommt in meine weißen arme
küßt das haar um meine scheide
leckt den schweiß aus meinen achseln
liebt mich heiß wie alle toten
denen ich mich feilgeboten

III

an einen grauen hund

oh hund, du graues diadem
    an einen braunen hund
oh hund, du braunes diadem
    an einen schwarzen hund
oh hund, du schwarzes diadem
    an einen weißen hund
oh hund, du weißes diadem
    an einen hund
oh hund, du arschloch

schdöd se hin   fua de laid
und redt   wia ned gschaid
und de laid   ablaudian
jo hom des olle   ka hian?

stellt sich hin   vor die leute
und redet   wie ein dummkopf
und die leute   applaudieren
ja haben die alle   kein hirn?

dos i a so a drottl bin
duad ma ned weh
wäu i wiara jede drottl
olles bessa faschdeh

daß ich ein solcher trottel bin
tut mir nicht weh
weil ich wie ein jeder trottel
alles besser versteh

i bin anfoch a nui
hinta mia sogs olle pfui
denn aus dera nui kommt a gschdonk
i bin anfoch oaschlochkronk

ich bin einfach eine null
hinter mir sagen sie alle pfui
denn aus dieser null kommt ein gestank
ich bin einfach arschlochkrank

alter gnu-bulle

für anneliese larcher-mathá

s gawad scho boa   oede gnu-kia
und de jungen   samma dscheen
wiari hoed   bis i hinbin
gaunz alaanich   wäda gehn

es gäbe schon ein paar   alte gnu-kühe
und die jungen   sind mir zu schön
werde ich eben   bis ich hin bin
ganz allein   weitergehen

maunchmoe howi a r aungst
di is fiachtalich gros
do schau i und schau i
und was ned, auf wos

manchmal habe ich eine angst
die ist fürchterlich groß
da schau ich und schau ich
und weiß nicht, worauf

jetza samma scho a bisl oet
und a scho recht koet
owa boid weamma gonz koet sein
owa goa nimma oet

jetzt sind wir schon bißchen alt
und auch schon recht kalt
aber bald werden wir ganz kalt sein
aber gar nicht mehr alt

census

too many old people.
where?
everywhere.
who?
yourself. me. mary. everybody.

anders

mir ist so anders
als mir war
als mir noch nicht
so anders war

wie war dir denn
als dir noch nicht
so anders war
wie eben jetzt

als mir noch nicht
so war wie jetzt
war mir ganz anders
bis zuletzt

wann war zuletzt
daß dir noch nicht
so anders war
wie eben jetzt

immer war mir
bis knapp zuvor
ganz anders
ohne übergang

amoe wird aus mir wos aussespringen
wos in mia niemoes dringwen is
und wiad auffefoan in himmö
und i wia davon nix wissn

einmal wird aus mir etwas herausspringen
das in mir niemals dringewesen ist
und wird hinauffahren in den himmel
und ich werde davon nichts wissen

in an jedn a söö
unhamlech diaf drin
de muas amoe aussä
da dood hod an sinn

in einem jeden eine seele
unheimlich tief drinnen
die muß einmal heraus
der tod hat einen sinn

waunsas wissn woiz   sai greiz
woraus hoez   und bei an jedn hommaschlog
hods eam grissn   und gschrian hoda
wauns es ned von söwa   gwusd haum soiz

wenn ihr es wissen wollt   sein kreuz
war aus holz   und bei jedem hammerschlag
hat es ihn gerissen   und geschrien hat er
wenn ihr es nicht von selbst   gewußt haben sollt

o christenheit, du wahres

o christenheit, du wahres
überbleibsel aus einer verlorenen
einer vernichteten zeit. wie ich da saß
am waldesrand, an fichtenzapfen kauend
und neben mir, strahlend, die eingehüllte mutter
in der schale eines frühen, schamhaften bade-dresses
mit dem sie verleugnete, auf dieser
fotografie meines vaters, was über mich
den unrein geborenen sohn einst kommen
sollte. oh ich werde verrückt mit all
diesen leichen im kopf: mutter, vater
und bruder robi, angegriffen und begraben
und ich hüpfe noch, auf beinen kaum mehr gehfähig,
hüpfe noch, nach dem erstinfarkt, mit meinem verquarkten
herzen.

die religionen

der honig ist der könig
die hummel schlägt die trommel
das pferd springt auf den kirchturm
vom kirchturm in den himmel
die schlange beißt den adler
wenn er um sterne kreist
der adler greift die schlange
die er im flug zerreißt

die sonne verwandelt erde
in pflanze, tier und mensch
der sergeant ruft die soldaten
die soldaten schreien »hier!«
das blut zerbricht die adern
es schäumt das rote meer
gott läßt mit sich nicht hadern
hagen schleudert den speer

1000 jahre ÖSTERREICH

ich glaube nicht an gott, mag heißen
ich glaube nicht woran du glaubst; es mag
auch heißen: ich glaube nicht an dich.

doch glaub ich doch an dich: dich haut fleisch nerven fett skelett
kann ich berühren küssen schneiden schießen brennen
wie gut daß du und ich einander kennen.

auch sag ich: gottseidank; bei niesen: helfgott
und immerzu: ohgottohgott, mein stoßgebet; im anfang
war das wort – ich wüßte nicht was ohne es ich täte.

zwei tiere reichten aus, maskulin feminin, um ineinander
steckend, schwitzend keuchend schreiend oder geräusch
vermeidend
einen neuen menschen zu schweinen: mich, ERNST JANDL.

heil blutiger gott, dein reich ist der schlaf, und komme
zu uns immer halb-halb, tags-nachts und stoße uns endlich
in den unschlaf unseres ewigen nicht-mehr-lebens
unter den flügelschlägen deiner geier.

die eierfromme seligkeit der bestie mensch
die beschissenen erschütterungen seiner fortpflanzungen
könnte er nicht ein krokodil sein ein schakal ein skorpion? er ist es
und aus seinen löchern fahren engel auf.

furzend berstend schmücke dich edles austriachon
eintausend jahre feiernd im eiterstrom
pest tuberkulose krebs AIDS syphilis sind orden
uns, die geboren sind zu fressen saufen pissen scheißen morden.

woher nimmst du die zeit?

nun, ich schaue auf die uhr
und schaue wieder auf die uhr
und wieder auf die uhr
daher nehme ich die zeit.

beziehungsweise, ich entferne
das oberste blatt des kalenders
und entferne wieder das oberste blatt des kalenders
und wieder. daher nehme ich die zeit.

oder ich öffne den taschenkalender
und habe eine woche vor mir
dann wieder eine woche
und dann wieder, usw.
daher nehme ich die zeit.

oder ein blick auf die zeitung
des heutigen tags

liebling der sonne

die sonne glüht – die erde dankt
ihr alles was weht und kriecht und schwankt

ich danke dir, sagt tier zu tier
daß du mich frißt
damit du selbst am leben bist

ich danke dir, sagt mensch zu mensch
daß ich dich zu boden treten kann
damit ich weiter sehe
sobald ich auf dir stehe

ich werde gefällt, verfüttert, gemäht
damit dein haus aus mir entsteht
damit dein brot dir niemals fehlt
damit dein vieh du schlachten kannst

bis du ein klumpen erde bist
du liebling der sonne

eggs.
why eggs?
'cause of birds.
whose birds?
farmers' birds; free birds.
giving sound?
indeed, giving sound.
how come?
earth's nature.

die kugel

die kugel rollt
wenn sie angestoßen wird
oder auf eine schiefe bahn gerät

die kugel rollt langsamer
wenn der stoß an kraft verliert
oder die bahn flacher wird

die kugel kommt zum stillstand
wenn die kraft des stoßes erlischt
oder die bahn ganz flach geworden ist
oder wenn ein rand die kugel aufhält
oder eine hand sie aufhebt

smoke gets in your eyes

nix zaschnaidn's da   de rippm
druckn's aanfoch   ausanaund
zahn das aussä   dai bääschl
schbrinxt don wida   umanaund

garnicht zerschneiden sie dir   die rippen
drücken sie einfach   auseinander
ziehen sie dir heraus   deine lunge
springst dann wieder   herum

AIDS

und da zaunoazt drogt a maskn
gummehandschuach iwa d'hänt
und i loch und dawisch sei gnack
mid mäne bluadichn zänt

(melodie: mackie messer)

und der zahnarzt trägt eine maske
gummihandschuhe über den händen
und ich lache und erwische sein genick
mit meinen blutigen zähnen

jeda depp waas, wos metastasn san
so woxt unsa wuatschoz
und wiad gschaita und scheena
mia san schduiz wos ma r oes kenna

jeder depp weiß, was metastasen sind
so wächst unser wortschatz
und wird gescheiter und schöner
wir sind stolz (darauf), was wir alles kennen

memories of contergan

mäne hänt   san fliagaln
auf de schuitan   ohne oam
wauns med dia   sogt d' muata
nua scho in himmö   gflogn waan

meine hände   sind flüglein
auf den schultern   ohne arme
wenn sie mit dir   sagt die mutter
nur schon in den himmel   geflogen wären

leukoplast

a mensch bin e söwa
zwos soitadsd du ana bleim
s goschal howi da zuabickt
villaichd daschdixt scho beim schbeibm

ein mensch bin ich selber
wozu solltest du einer bleiben
das mündchen hab ich dir zugeklebt
vielleicht erstickst du schon beim erbrechen

z. zt.

ich bin zur zeit im garten.
da stehen keine bäume
keine büsche keine sträucher
kennst du den unterschied zwischen busch und strauch?
da gibt es auch keine blumen
kein gemüse keinen salat.
daher gibt es da auch keine beete.
auch keine spur von unkraut ist da
und auch nicht ein einziger grashalm.
dann also nur erde – erde ist überall
wenigstens darunter – unter allem ist erde.
also erde gibt es da keine.
nichts ist da das an einen garten erinnert
außer dem zaun da. der bin ich.

siebensachen

du und deine siebensachen
heißt daß du nur wenig hast
wenige sachen von denen keine
einen namen verdient

dich und deine siebensachen
kann man rasch vertreiben
du trägst ein kleines bündel
und willst nicht bleiben

keiner sagt zu dir, laß mich
deine siebensachen ansehen
du trägst sie im rucksack
und du sollst weitergehen

verlange nur nicht
meine tausend sachen zu sehen
die augen würden dir übergehen
und im nu wärest du blind

und verlange nur ja nicht
nach einer achten sache
du müßtest sie stehlen
und wir müßten dich aufhängen

tausend sachen hat der reiche mann
und schon hundert sind eine gewaltige menge
die weit über deine kräfte ginge
also zwänge dich durch die schmalste tür

und dann fort mit dir
sei froh du hast dein leben bei dir
keiner will es mit dir tragen
du wirst dich schon durchschlagen

den wald wird es nicht geben …

das dunkle :wird es nicht geben
die sonne :wird es nicht geben
die seele :wird es nicht geben
den duft :wird es nicht geben
die augen :wird es nicht geben
die nacht :wird es nicht geben
das licht :wird es nicht geben
das rascheln :wird es nicht geben
das lächeln :wird es nicht geben
das atmen :wird es nicht geben

(nach h. c. artmann »wald«, 1946)

auf der stelle

er werde sich töten
sage er zu sich
so lang so oft
daß er selbst es nicht mehr glaube

nicht er werde es tun, sondern
sein leben werde es tun
es sei ja der preis für das leben
daß es zu seinem anfang
ein ende habe

gott werde ihn töten
wenn gott es sei
dem er sein leben verdanke
falls dank das passende wort sei
er verfluche sich oft als lebenden

gott habe ihn als einen menschen lebendig gemacht
und werde ihn als einen menschen töten
gleich einem reh einem hund einer platane

er bitte jedoch um eine gewisse frist
also noch nicht sofort
außer nur durch sein sofortiges ende
sei ein halb-tot sein, ein schein-tot sein
zu verhindern.

dann lieber sofort.
was wiederum nicht heiße:
auf der stelle.

vermeide dein leben

du bist ein mensch, verwandt der ratte.
leugne gott.
beginne nichts, damit du nichts beenden mußt.
du hast dich nicht begonnen – du wurdest begonnen.
du verendest, ob du willst oder nicht.
glück ist: sich und die mutter bei der geburt zu töten.
eines nur suche: deinen baldigen schmerzfreien tod.
hilferufe beantworte durch taubheit.
benütze dein denken zum vergessen von allem.
liebe streiche aus deinem vokabular.
verbrenne dein wörterbuch.
atme dich zu tode.

café hawełka

den mülleimer meiner existenz
hätte ich vor äonen
den mistkübel meiner existenz genannt.
aber auch wir österreicher
gerieten in den deutschen brand
und nennen dampfnudeln
was einst schön buchteln hieß.

für friederike mayröcker,
am 3.9.1995

die birne ab! – ja
ich verbeuge mich vor allen
lege meinen nacken bloß
vor schwert und hacke
daß doch einer herunter
zischen lasse sein instrument
hackbrett schwertlilie
und hochspringe mein kopf

die birne ab!
ich verbeuge mich
vor allen
lege den nacken bloß
für schwert und hacke
auf daß einer herunter
zischen lasse sein instrument
hackbrett schwert lilie
hochspringe
mein kopf

der schöne rucksack

für friederike mayröcker

do is dei rucksock drin.
wos – in an so an glaan sackerl?
hob eam zaschnittn.

da ist dein rucksack drin.
was – in einer so kleinen tüte?
hab ihn zerschnitten.

kleines weihnachtsoratorium

1.
SIE, der mensch

SIE sehen neben mir
das klosettpapier
so soll es sein
denn ich sitze hier
um zu scheißen
wer aber hat
IHNEN erlaubt
mir dabei zuzusehen
und wer sind SIE eigentlich
freilich es heißt
gott sieht alles
dann aber hätte ich SIE nicht
mit SIE anreden dürfen
großer gott wir loben DICH

2.
maßstab

schwanzkürze und schwanzlänge
bilden ein wüstes gedränge
im denken
jedes kurzschwänzigen;
die langschwänze
haben davon keinen tau

immer sind es die mit dem kurzen schwanz
die sich zurückgesetzt fühlen
während neger schallend lachen

erwin und ich
gingen zur hur
ich bin rot, sagte sie
macht euch das was?
ich verstand nicht, was sie meinte.

erwin auf dem zimmer wurde rot
und mir sagte sie: einen
so kleinen
habe ich in meinem ganzen
leben noch nicht gesehen.

ich kämmte ihr das haar und erfuhr
ihre mutter war lehrerin
gewesen wie ich (nur ich männlich) einer war.

armer erwin, lang schon tot.

3.
hernals

oh scheiße, ich habe gestern
mein abendgebet vergessen
aber heut früh wirst du es, lieber gott
auch noch akzeptieren

»lieber gott, laß mich eher sterben
als eine todsünde begehen«

wie es eben jetzt geschehen könnte
denn es ist sonntag
und ich habe nicht die absicht zur messe zu gehen
was eine todsünde ist
sondern bleibe im warmen bett
um noch ein bißchen zu onanieren
was ebenfalls eine todsünde ist
wie meine mutter mir erklärt hat
eh man sie begraben hat
auf dem hernalser friedhof
hoch über der stadt, meinem geliebten
wien.

seltsam, wie oft
er mein gebet schon nicht erhört hat.

4.
die kreuzigung

ich scheiß mich an
es rinnt die bein hinunter
und ich geh ganz blaß
durch die wohllebgass'

ich riech es stinkt
kommt wer vorbei
weiß ich nicht ob er denkt
daß ich es sei.

ich kriech die treppe hoch
vielleicht läßt sich vermeiden
daß auf den schönen stufen
spuren zurückbleiben.

ich reiß im vorzimmer
die hosen mir von bein und bein
und schließ zur ersten prüfung
mich im abort ein.

ich halte beschissenes beinkleid
geeignet für den müll
worauf ich mich mit wein
bis stimmungsumschwung füll.

liawa gott   bleib ma fean
i hob de gean   kaa zweifö
oowa fun dia   lebd da dood
saumt schdeamm, höö und deifö

lieber gott   bleib mir fern
ich hab dich gern   kein zweifel
aber von dir   lebt der tod
samt sterben, hölle und teufel

fun noowe aun wiare hin
nauch omman? odar unt?
hob ned de power zu entscheiden
ma muass nehmen wias kummt

vom nabel an werd ich hin
nach oben? oder unten?
hab nicht die power zu entscheiden
man muß es nehmen wie es kommt

schiabs glaadl auffe, leni
schdinxt eh ned so oag
wos glaubsd wiari schdinkn wia
noch drä wochn in soag

schiebs kleid hinauf, leni
stinkst ohnehin nicht so arg
was glaubst du wie ich stinken werde
nach drei wochen im sarg

da & dort

das da
ist vielleicht nicht
das dort

vielleicht noch nicht

oder das dort
ist vielleicht schon
das da

war es das vielleicht schon immer?

wir sprechen
vom dasein
vom dortsein
sprechen wir kaum

was könnten wir damit meinen?

vielleicht weiß ich es
wenn ich ein paar buchstaben von dort
auf das papier hier bringe.

dreizeiler

daß herausspringt
was nie darin war
darauf warten

–

der sprecher schweigt
kopfschüttelnd bleibt
sein publikum nicht lange

–

tot sein
oder werden
das ist die frage

–

so viele glauben es nicht
ich glaube es auch nicht
aber ich möchte es glauben

–

die rache
der sprache
ist das gedicht

–

hölzern
doch nicht aus holz
ist christas stimme

–

juden
sind wir alle
nur noch nicht vertilgt

–

warum hieß der dentist
meiner mutter
vachuda?

–

meinen ärzten
schenke ich vertrauen
alle haben es verdient

–

nie ein vorwurf
gegen meine brüder
doch so viele gegen mich

–

robert jandl nannte er sich
dann robert maria jandl
er hat geglaubt

–

glauben heiße
nichts wissen
jetzt weiß ich nichts

–

erikas selbstmord
hat eine spur
in die erde gegraben

–

du mußt mir helfen
rief bruder hermann
und ich half ihm nicht

–

längst schon versuche ich
die gängigsten gebete
zu rekonstruieren

–

mein henker
behandelt lässig
sein werkzeug

–

ungewaschen
lege ich die kleidung
des vortags an

–

vor dem fernseher
unentschuldigt
vergeht die nacht

–

mit 70 jahren
noch keinem
beim sterben zugesehen

–

mit 70 jahren
ein gedicht schreiben
für siebzehnjährige

–

zahnlos sein
und bleiben
welch ein frühling

–

einen zweiten beginn
wollte ich mit zerstörung
meinen eltern lohnen

–

die wiesen
waren wunderschön
ich krieche auf asphalt

–

dieses furchtbare
jahrhundert
jeder hat es sich verdient

–

das tier mensch
das tier tier
der schöpfer beider sei gelobt

–

nach den begrabenen
zu suchen
begonnen haben

–

sonne blendet mich
nacht schändet mich
oh wie tut mir all dies weh

–

kein auferstehen
kein wiedersehen
nur die hölle

–

die stufen des lasters
habe ich nie betreten
das hängt mir nach

–

schweiß
rinnt mir von der stirn
aber nicht von arbeit

–

die natur
erschien mir nie
als hübsches mädchen

–

langsam dorthin
wo man nicht sein wollte
zum unbeginn

–

viele meiner freunde
sind noch nicht tot
ich treffe sie nie

–

freund war ein leichtes wort
vielleicht nur
für den knaben

–

ich kann noch sehen
kann noch hören
wie fröhlich alle sind

–

die sterbenden
werden
allen blicken entzogen

–

ewig lebt
wer nie
gelebt hat

–

kein wiedersehen
keine wiederholung
kein sehen

–

ich bedanke mich
bei euch allen
für mich

–

hätte ich gewollt
hätte ich nicht müssen
ich konnte nicht wollen

–

bleibe bei uns
oder gehe ab
du hund

–

–

nocha schmaiss maream äne
eangrob   eangrob
/: und don singmaream an schdingadn koräu :/
/: fafäu, bleeda hund, fafäu :/

nachher schmeißen wir ihn hinein
ehrengrab   ehrengrab
/: und dann singen wir ihm einen stinkenden choral :/
/: verfaule, blöder hund, verfaule :/

rebirth

when born again, i want to be
a tenor saxophone

and who d'you think will do
the blowjob?

if it's up to me, there's gonna be
total promiscuity

kleine improvisation

wein dich nicht zu tod
ich bin ja nicht in not
bin ich auch nicht der schnellste mehr
bin ich auch nicht der hellste mehr
so lebe ich ja noch
also wein dich nicht zu tod

wein dich nicht zu tod
du bist ja nicht in not
bist du auch nicht die schnellste mehr
bist du auch nicht die hellste mehr
so lebst du ja noch
also wein dich nicht zu tod

dank

ich danke ihnen herzlich für ihre glückwünsche zu
meinem 70. geburtstag

ich danke ihnen herzlich für ihren herzlichen dank für meine
glückwünsche zu ihrem 70. geburtstag

ich danke ihnen herzlich für ihren herzlichen dank für meinen
herzlichen dank für ihre glückwünsche zu meinem 70. geburtstag

ich danke ihnen herzlich für ihren herzlichen dank für meinen
herzlichen dank für ihren herzlichen dank
für meine glückwünsche zu ihrem 70. geburtstag

korrespondenz

so schreibe ich nur noch karten
auf denen ein ja oder ein nein
anzukreuzen ist
briefe schreibe ich nicht mehr.
wenn ich dadurch einen freund verliere
bestand diese freundschaft nur aus papier
von dem ich ohnedies genug besitze.

IV

quod licet jovi   non licet bovi

paarweise

mitgefangen   mitgehangen

das mitte   des frau
den mittel   das punkt

das funke gaul

der einsame freund

der einsame freund, das ist jeder
für sich selbst. die gesellschaft der freunde
die stets nur aus einem einzigen besteht, ist ein wahres
glückszeichen. ich habe keinen
neben mir, vor mir, hinter mir
aber ich bestehe aus freunden, ich bestehe
aus der freundschaft zwischen mir und mir
dem selbstmörder, der dem selbstmörder den
selbstmord vereitelt, indem er ihm das messer
an den strick setzt, der ihn doch halten sollte,
hochhalten, während er zu boden fällt, gerettet
von freundeshand

jeder freund

jeder freund sei dir ein dorn im auge
er mache dich grün, wenn er erfolg hat, grün
vor eifersucht, er mache dich gelb
vor neid. mühsam sich fortpflanzend
von frau zu frau, sei er dir dennoch
dir, dem unbekinderten, überlegen
durch seinen zugriff auf zukunft.
hasse deine freunde, oder liebe sie
wie man seine feinde liebt. liebe sie
wie dich selbst, dem du am liebsten
die buntheit der welt aus den augen
reißen wolltest, das gehör eindrücken
gegen die musik der welt

an die freunde

ich glaube es nicht, ich glaube es nicht
so schreit in mir der bösewicht
ich weiß, ich muß hinein in die erde
doch ich glaub es nicht, daß ich mich umbringen werde

ich weiß, das ist ein altes gedicht
veraltet durch das wort bösewicht
durch reime veraltet wie erde und werde
und verkrüppelte rhythmen poetischer pferde

vom himmel hoch da komm ich her
ist eine längst verklungene mär
doch zuweilen ist hoffnungsvoll mein herz
freunde, teilt meine freude, verzeiht meinen schmerz

vollmond am 15. juni 1992

maunchmoe, freinde, is de wööd
so fiachdalich scheen
wo soi i hinschaun, freinde
i kaun no ned schlofn gehn

manchmal, freunde, ist die welt
so fürchterlich schön
wo soll ich hinschauen, freunde
ich kann noch nicht schlafen gehen

short improvisation on a friend's name

was he fried?
we do not know if he was fried
we only know that he wasn't afraid
so he probably was fried
maybe he was fried
but we saw him a little later
well, if you saw him a little later
he probably wasn't fried after all
perhaps he was freed

für gerhard wolf, 1993

ich bin froh daß ich dir
etwas sagen kann zu deinem geburtstag
denn das bedeutet wir sind beide noch hier
vermutlich
und dazu noch ein dritter der sagt
wolltest du nicht etwas sagen zu seinem geburtstag
und ich sage sollte ich und dann
also gut wenn du meinst

für peter härtling, 1993

ich bin erst acht jahre älter als du
wobei das verblüffende daran
das wort erst ist, erst acht jahre älter als du
– aber muß ein gedicht verblüffen bzw.
etwas verblüffendes enthalten?
wobei die verblüffende wirkung dem wort erst
sofort und dauerhaft entzogen ist wenn ich sage:
ich bin erst acht jahre älter als du
obwohl ich meist für zwanzig jahre älter angesehen werde.

hans georg heepe zum sechzigsten geburtstag

wer um zehn jahre später sechzig wird
hat glück gehabt, und dennoch wünscht ihm glück
der um zehn jahre früher sechzig wurde;
womit er wünscht, die kommenden zehn jahre
mögen an unbill ihm nicht mehr bescheren
als dem jetzt siebzigjährigen in dieser spanne zeit
zuteil geworden ist, eher weniger. so mögen
bis siebzig, und darüber noch hinaus, die beine
ihn flotter tragen als den gratulanten.
das ist nicht viel gesagt, jeder bleibt kühl
und doch ist es ein herrliches gefühl
zehn jahre jünger durch die welt zu gehen.

2 stanzen

für walter jens

eine sprache, die mich packt
ist der wiener dialekt
ich weiß nicht wie er ihnen
lieber walter jens schmeckt

darum laß ich diese zwei
hochdeutsch an sie ran
es sei wie es sei
und man tut was man kann

lieber helmut heißenbüttel
nunmehr bist du fünfundsiebzig
LAUT UND LUISE hast vor 30
jahren du zum buch gemacht
damals war ich einundvierzig
45 damals Du
heute bin ich 71
schreibe PETER UND DIE KUH

für siglinde balvin
zum 19. april

neunzehn
duftet
es duftet
april
süß duftet
neunzehn
süßer
april
duftend
entfahren
dem kinde
siglinde
neunzehn
süße
geburtstagswinde

fian niki

waasd, niki, du bist scho
a gaunz a brima bua
und dai hööga is glasse
owarii – maigodwosduarenua

für niki*

weißt, niki, du bist schon
ein ganz prima junge
und deine helga ist klasse
aber ich – meingottwastuichnur

**nikolaus j., der bruder des autors*

woid …

fian h. c.

gge, bring ma no a griagl schwoazz
i hob des gfüü, do bine söwa drin
owa mäne laichtadn augn
schaun ima auf de maadln hin
und i loch, a waun i waanad bin

und de sunn schaint auf mai blaadl
und i schreib a duftendes gedicht hin
berlenkedln fia de maadln
bis i diaf in da nocht drin bin
iwa mai gsicht grobld a schbinn

wald …

für h. c. artmann
(zu dessen 75. geburtstag)

geh, bring mir noch ein krügel schwarzes (bier)
ich hab das gefühl, da bin ich selber drin
aber meine leuchtenden augen
schauen immer auf die mädchen hin
und ich lache, auch wenn ich weinend bin

und die sonne scheint auf mein blatt
und ich schreibe ein duftendes gedicht hin
perlenketten für die mädchen
bis ich tief in der nacht drin bin
über mein gesicht kriecht eine spinne

klein-gottfried

gottfried von einem
fuß hüpft auf den andern
kämpft gegen weinen
beinah von sinnen
kann nicht gewinnen
fängt an zu rinnen
heiß über die wangen
warm entlang den beinen

(ein kleines scherzo für
unseren großen komponisten)

die kammer

der arbeiterkammer wien
gewidmet

die kammer.
die vielen arbeiter darin.
die vielen armen arbeiter darin.
so eng.
so eng.
die stockbetten.
die strohsäcke.
o jammer.

haid faian ma   neaschdn mai
oawait   mochd frei
alle nemli   wos vadienen draun
owa söwa ned   oawaitn dan

heut feiern wir   den ersten mai
arbeit   macht frei
alle nämlich   die verdienen dran
aber selber nicht   arbeiten (tun)

der tisch

in memoriam jürgen spohn

das große A liegt auf dem tisch
das messer liegt zur rechten
die gabel liegt zur linken
die lade ist geschlossen
der tisch steht auf vier beinen
wenn ich auf diesem bilde bin
dann bin ich in der lade drin

john willett

ich habe jahre, jahrzehnte vielleicht
nicht an ihn gedacht.
jetzt denke ich, er ist tot
oder wenn nicht, dann uralt
oder wenn nicht, dann vielleicht so alt wie ich
oder wenn nicht, dann vielleicht
um einige jahre jünger – oh unsicherheit!
ich habe nie nach seinem alter gefragt;
es gab keinen anlaß.
ich liebe seine große, schlanke gestalt
sein widerspenstiges graues haar
seinen flüssig glänzenden blick
die zahnmusik seines lächelns
die schwimmenden roten flecken beiderseits seiner nase.

für hans koller, 1993

manchmal kommt mir jemand entgegen und lächelt mir zu.
da weiß ich, daß ich voll freude bin.
auf meinem gesicht hat jemand ein leuchten gesehen
und hat selbst zu leuchten begonnen, auf mich hin.

das ist der jazz, wie ich ihn erlebe.
die musik, die mich durch meine tage trägt.
alles fällt mir oft schwer, sogar das einfache gehen.
ich freue mich, daß ich am leben bin.

to klaus wagenbach, my friend

I've no idea
which will last me longer
the eyes
or the ears

so I try to give them
an equal share of what
either desires

jazz to my ears
TV to my eyes

hoping that they will both
decide to die with me
at the same time

otherwise perhaps
I might ask my ears
to last me longer

jazz being the greatest
solace to the blind

django reinhardt, 1910–1953

a zigaina / a gitaa
a boa wegbrennte / finga
damit schbüd a / zwanzich joa
bleibd daun bei uns / fia r imma

ein zigeuner / eine gitarre
ein paar weggebrannte / finger
damit spielt er / zwanzig jahre
bleibt dann bei uns / für immer

dem mathias sai glick
is de goidene musik
de liawe gabi aus platin
und oes brillant de naïma-marilyn

dem mathias sein glück
ist die goldene musik
die liebe gabi aus platin
und als diamant die naïma-marilyn*

**naïma: afrikan. mädchen-*
name, titel eines stückes
von john coltrane;
marilyn = m. monroe

für gabi & mathias, 7.12.1992

des liadl häde gean gsungen
mid da gabi drin und min mathias
da naïma-marilyn und mid waas i no wos –
's is ma lääda misslungen

dieses liedchen hätt ich gern gesungen
mit der gabi drin und mit dem mathias*
der naïma-marilyn und mit weiß ich was noch –
es ist mir leider mißlungen

**mathias rüegg, musiker, komponist,*
arrangeur, dirigent, gründer und
leiter des vienna art orchestra;
gabi, seine gefährtin;
naïma-marilyn, beider töchterchen

für mathias rüegg

sixt, jetz hosda baby
und fiazich bisd aa
hosda glick, doosdnediii bist
denn wea weasdn, waune duu wa

siehst, jetzt hast ein baby
und 40 bist auch
hast ein glück, daß du nicht ich bist
denn wer wärst du denn, wenn ich du wäre

jazz ist

jazz is jazz is jazz is jazz
und nennst du es jazz und es hat keinen drive
ohne drive ist es nicht jazz
und nennst du es jazz und es hat keinen swing
ohne swing ist es nicht jazz
jazz is swing
jazz is drive
jazz is jazz is jazz is jazz

text für musik

in gedenken an melanie huss

nicht das geringste
kann ich für dich tun
versteh nicht falsch, baby
versteh nicht falsch
ich kann für dich
nicht das geringste tun
nein, ich kann einfach
gar nichts für dich tun.
ich tät es gern, ich tät
es schrecklich gern
nur wie die dinge
liegen, seit ich –
doch hab ich nie, gib zu
dir irgendwann versprochen
je auch nur das geringste
für dich zu tun, baby

V

die sprechen
die hören
die sprechenden
sind die hörenden
die schweigenden
sind die sprechenden
die hörenden
sind die schweigenden

der wortschatz

sein wortschatz ist, was an wörtern einer hat.
es könnte noch weniger sein.
es könnte aber auch mehr sein.
ob mehr oder weniger, du lebst
mit deinem pimmel, deiner möse.
so schaffst du eine neue
generation, taubstumme
ratte. deren pfiffe
wendest du pfiffig an. du drehst
um die eigene achse dich, unsichtbarkeit
zu erreichen. deine intelligenz
klebt an der abortwand, hinge-
kritzelt. sportler aller länder
vereinigt euch!

blaadl in deischl
haid frua, bein kaffee
»brunzwimmal« find e doat
a so a scheens woat

blättere im teuschl*
heut früh, beim kaffee
»brunzwimmal«** find ich dort
ein so schönes wort

* *wiener dialektlexikon*
** *(kleiner) penis*

für johannes poigenfürst

a gschdanzl   is a daunzn
fia r aan   ohne haxn
sei mundwerk   kaun daunzn
ihn söwa drogns   buglgraxn

eine stanze   ist ein tanzen
für einen   ohne beine
sein mundwerk   kann tanzen
ihn selber tragen sie   huckepack

si alanich kennan eanare gedichta lesn
und wauns hinich san, daun is goanix gwesn
oes a gaunza haufn oedpapier
»it's a feh« – nojo des wissmar eh

sie allein können ihre gedichte lesen
und wenn sie kaputt sind, dann ist garnichts gewesen
als ein ganzer haufen altpapier
»it's a feh« – nunja das wissen wir ohnehin

»brenzlich«

für hans mayer

i hob dicht   weu i docht hob
dos des dichtn   wos scheens is
heit sog i   guade nocht
weu des schlofn   wos scheens is

ma wocht   wida r auf
und mocht gaunz rosch   di ägln zua
nua kan dog ned   ich bitt aich
loszma d' ewiche   rua

waun i draam   fois i draama kaun
vielleicht draamad i   a gedicht
es soi maunchn   scho gelungen sein
owa mia   laida nicht

oeso setz i mi   am obnd
waun i frisch bin   zum schreibdisch
ob i woat   a r anzichs
bein haxl   dawisch

»brenzlich«   ausgrechnd »brenzlich«
»brenzlich« is   de siduation
i bin genzlich   aufgschmissn
des papier   wird zarissn

und jetz   no an schluck
den nächsten   ned den letzten
daun ins bett   des dreckiche
leintuach   zafetzn

a bissl a heechare   poesie
hed i jo aaa   gaunz gean khopt
wauns aich schdeead   denkt's wia r iii
shod hoid ned so gaunz klopt

brenzlich (wiener dialekt) – »kritisch«
im sinn von »gefährlich«

letzte strophe:
eine etwas höhere   poesie
hätt ich ja auch   ganz gern gehabt
wenn es euch stört   denkt wie ich
es hat halt nicht so ganz geklappt

die strophen 1 bis 6 wird sich
der erfahrene leser unschwer selbst
zusammenreimen

von deutscher reimkunst

vergeßlichkeit ist eine zierde
doch weiter kommt man ohne sie
–
vergeßlichkeit ist eine zierde
doch manchmal ist sie eine bierde
–
vergiß deine vergeßlichkeit
gelobt sei die verläßlichkeit

hoffmannstropfen

hofmann von hofmannswaldauer tropfen
e.t.a. hoffmanns tropfen
hoffmann von fallerslebens tropfen
schillers tropfen
heinrich von hoffmanns tropfen (struwwelpeter)
hugo von hofmannsthals tropfen

aber da gibt es ja noch welche!
yessir, da gäbe es noch welche.

kleine poetik,
zum einprägen von dichternamen
(je nach wissensstand
nach belieben fortsetzbar)

klopstock hat zwei knöpf verlorn
hinten oder vorn
hinten oder vorn
einen hinten einen vorn
klopstock hat zwei knöpf verlorn

goethe hat zwei knöpf verlorn
hinten oder vorn
hinten oder vorn
einen hinten einen vorn
goethe hat zwei knöpf verlorn

heine hat zwei knöpf verlorn
hinten oder vorn
hinten oder vorn
einen hinten einen vorn
heine hat zwei knöpf verlorn

rilke hat zwei knöpf verlorn
hinten oder vorn
hinten oder vorn
einen hinten einen vorn
rilke hat zwei knöpf verlorn

artmann hat zwei knöpf verlorn
hinten oder vorn
hinten oder vorn
einen hinten einen vorn
artmann hat zwei knöpf verlorn

peter und die kuh

oder war es die ziege
oder war es der löwe
oder war es der frosch
oder war es die zerstreutheit
des großen sergej prokofjew
oder war es die vergeßlichkeit
eines seiner glühenden verehrer

drei religiöse gedichte

lieber gott, laß mich eher sterben
als den nächsten morgen erben.

–

lieber gott, beende meine sorgen
und erspare mir den nächsten morgen.

–

st. nikolaus soll bei allen sein
den teufel will ich für mich allein.

bleibendes gedicht

mordsmäßig
mordsmäßig bleibend
mordsmäßig bleibendes gedicht
mordsmäßiges gedicht
des mäßigen mords
bleibendes gedicht
ein gedicht wie ein mord
ein mord bleibt ein mord
ein bleibender mord
ein mord ein gedicht

gewürfeltes gedicht

ich sage *ein* – auf ja und nein
dann sage ich *zwei* – so ist noch eins dabei
bei *drei* beginne ich mich zu besinnen
bei *vier* fängt die zeit an zu verrinnen
mit *fünf* stähle ich mich gerne von hinnen
mit *sechs* entfaltet sich großes gewächs
schnürt mich ein und beendet mein sinnen

verkrustetes gedicht

der klang des teufels
hat mich benutzt. wissen sie
was das heißt? ich habe mich
verkutzt, ja verkutzt, und ich
ersticke fast daran.
woran, fragen sie.
einfach an diesem, ja
einfach an diesem
verkrusteten gedicht.
hilfe! scheiße! hoppla!

farbengedicht

schwarz ist gut
aber es ist auch scheiße
rot ist gut
aber es ist auch scheiße
bedauerlicherweise
blau ist vielleicht da und dort gut
im übrigen scheiße
grün ist die hoffnung
ich habe keine

verstimmtes gedicht 1

herr klavier-, nein
herr gedichtstimmer
wollte ich sagen, sagt
der vater des gedichtes. wir sollten
wie einen klavier- einen
gedichtstimmer haben.
hier stimmt doch was nicht. alles
klingt falsch
herr klavier-, nein
herr gedichtstimmer
kommen sie rasch, schreit
der vater des gedichtes,
zu mir, zu mir.
hierher zu mir, ich bitte.

verstimmtes gedicht 2

es mag auch sein, daß ein gedicht verstimmt ist
nämlich mit seinem schreiber nicht zufrieden
es wünschte, dieser hätte es vermieden
so wie der schreiber von gedichten wünschen mag
es hätten seine eltern ihn vermieden.

keiner indes, was er auch sei und wie,
gedicht, gedichteschreiber, hundssohn, hundebeute
hat je verhindert, daß er in die welt
geschissen ward von der erzeugermeute.
oh große pest …

ungenaues gedicht

geh, aber geh, geh gelb, geh grau
an jeder stell kräh kräh
und bedürfe keines nachrichtendienstes
auch nicht bebrillen sich das wolfen sollten
es wären kein
rotkäppele sein
als anders bei sein großmamas
beiderseits – mütterlichen
väterlichen – und dies
bedingungslose
(ohne butler)

kaltes gedicht

die schinke und das wurst
in kühlschrank drin
der schöne deutsche wort
in kühlschrank drin
das schönsten deutschen wort
die wört der deutschen schön
das wurst die schinke plus
kühl vodka von die russ

desinfiziertes gedicht

ich spritz dir alles drauf
damit du nicht,
mein lieb gedicht,
an meiner pest krepierest,
der dichter spricht.
und spritzt, und erlebt
den erfolg nicht mehr.
ach, wenn ich
ein vöglein wär …

altes gedicht

ich bin so alt, verdammt
ich bin so alt – mein arsch
ist kalt; das ist jüngste
vergangenheit, etwa erst
vor fünfzig jahren. es war beinah schon
zu ende. die große wende
ab 45 hat
dieses gedicht
nicht mitgemacht.
stille nacht, heilige
nacht.

stummes gedicht

so unsprechbar, so
unaussprechlich – ebenso
unsichtbar, also kein
visuelles, sondern
höchst zerbrechlich, nämlich schon
zerbrochen – zum ersten mal
wird ein gedicht
gerochen

leises gedicht

du, beim essen spricht man nicht.
nicht mit vollem munde sprechen.
jetzt sprechen die großen, die kleinen nicht.
halt deinen mund, du wicht.

wenn du ein gedicht bist, dann ein leises.
klein wie du, bist du vielleicht ein weises.
oder du bist blöd, dann noch am besten lautlos.
blick auf, wie schön über dir, du aas,
der himmel blau ist.

Inhalt

Die meisten Gedichte dieses Bands
wurden in den Jahren 1992–1996 geschrieben.

ERNST JANDL wurde 1925 in Wien geboren. Studium der Germanistik und Angelistik, Promotion 1950, langjährige Tätigkeit als Gymnasiallehrer, lebt in Wien. Seit 1954 Freundschaft mit Friederike Mayröcker. 1971 Gastprofessur an der University of Texas, Austin. Mitglied der Akademie der Künste, Berlin, der Deutschen Akademie für Sprache und Dichtung, Darmstadt, der Bayerischen Akademie der Schönen Künste, München, des Österreichischen Kunstsenats, des Forums Stadtpark, Graz, der Grazer Autorenversammlung. 1968 gemeinsam mit Friederike Mayröcker Hörspielpreis der Kriegsblinden; 1974 Georg-Trakl-Preis für Lyrik; 1976 Preis der Stadt Wien für Literatur; 1978 Österreichischer Würdigungspreis (Staatspreis); 1980 Mülheimer Dramatikerpreis für *Aus der Fremde*; 1982 Manuskripte-Preis des Landes Steiermark und Anton-Wildgans-Preis der Österreichischen Industrie; 1984 Großer Österreichischer Staatspreis und Georg-Büchner-Preis; Oktober bis Dezember 1984 Gastprofessur an der Frankfurter Universität – Frankfurter Poetik-Vorlesungen; 1985 Preis der Deutschen Schallplattenkritik für *ernst jandl : bist eulen?*; 1986 Ehrenmedaille der Bundeshauptstadt Wien in Gold; 1987 Kasseler Literaturpreis für grotesken Humor; 1988 Deutscher Kleinkunstpreis; 1989 Frankfurter Hörspielpreis; 1990 Peter-Huchel-Preis für das Buch *idyllen*; 1990 Österreichisches Ehrenzeichen für Wissenschaft und Kunst; 1993 Kleist-Preis; 1995 Friedrich-Hölderlin-Preis; 1996 Großes Goldenes Ehrenzeichen für Verdienste um die Republik Österreich.

Von Ernst Jandl sind bei Luchterhand lieferbar: *Gesammelte Werke in drei Bänden* (1985/1990), *Laut und Luise* (1971/1995), *dingfest* (1974/1994), *sprechblasen* (1968/1993), *stanzen* (1992) und *lechts und rinks* (1995).

 Satz: Greiner & Reichel, Köln / Druck und Bindung: Clausen & Bosse, Leck / ISBN 3-630-86873-8